遺丘

常木みや子

思潮社

遺丘《テル》

常木みや子

思潮社

目次

I

II

カバー写真＝ギョベックリ テペ
表紙写真＝テル エル ケルク（筆者提供）
装幀＝思潮社装幀室

I

だんまつまがくる夜

1

どすぐろいナイフたち
わたくしを刺しにきたね、ついにおまえたちよ
わたくしのだんまつまの色合いを、みにきたのだろう?
そうだね、わたくしもそろそろ、ときを閉《とじ》るじせつさ
そんなことは百も承知。

こころゆくまでごらんあれ、だんまつまの色彩
さくらいろにべーじゅいろ、案外しずかに、ひとはくれていくものさ

ちょっとしたショーにはならない、ちいさな暮れていくゆうべ
まくらもとにひな壇がならび、そこだけがかなしくあかるくわたくしをてらす
だんまつまのともしびは、しずかにくれて
こんなしずかな、だんまつま。

ナイフたちも刃を鈍色にかえて
いっしょにねむっている
しずかな、よふけ。

2

あなた、それはちがうでしょ
あなたはごまかしている
だんまつまはそんなしずかに訪れはしない
だれのあしもとにも、きつく霧をふきかけ
あ、と血の色の声をあげさせ

去っていくのさ
きのうは、あるやまのふもとで、きょうはうみのむこう
なみをたててやってくる、大音響がそらをつたって
やってくるのさ

っくくかあ　っくくかあ　あしをひろげて、声をあらげ
やってくるのさ
その目の玉はおそろしい、そらおそろしい、耳にひびく声々の茶碗の列の音
っくくかあ　っくくかあ
すすんでくるのさ、すべてくうきごと、あたりの
やまもくずれ、うみはくだけ、あしをひろげておよいでくるよ
その目の玉はおそろしい、そらおそろしい、燃え落ちているそらをせおい
っくくかあ　っくくかあ
ひるむよ、まえあしがひるむよ、ぜんしんが
かおが、くずれおちるよ。

ペガサスの位置

欠けていく月
パルミラの
空の上にひろがる　夜と月

理不尽に
時は雲のように流れる
立ち止まるものなどなにもない

目を開くがよい
雲の中には　墓がある

雲を見下ろす位置で
発光していくもの
歴史を拾い上げつなぎ合わせる
消失
するものなどなにもない
存在はかたちをかえてあり続ける

何が降っているのだろう、今宵は
銀のかけら　月の光につつまれて
ペガサスが　降り立っているのだよ

パルミラ

星々に祈る

1

うたわない。うたわない。うたわない。うたわない。きしべたゆとう
うたえない。うたえない。うたえない。うたえない。わたくしのまどべ
よるはたえまなくさかみちをおとずれ
さくはなたえて

詩をうたうのはだれか　しをうたうのは
こえはみえないてんからとびだしすがたあらわさぬまま
すがたあらわれぬままかくさんしうちゅうはそのままましずかだ

しんでいるのか、しんでいくのか、いやちがうそれはただせいめいのなかにとどまらず
せいめいをつきぬけつきとおし、だんだら　やまにしずんでいく
だんだらやまをふきとおるかぜは月のいわはだをつきとおし　しずかにくれていく

詩をうたうのは誰か、しをうたうのは。声はみえない天から飛びだし、すがた現さぬまま
すがた現れぬまま拡散し、宇宙はそのまま静かだ。しんでいるのかしんでいくのか
ちがう、それはただ生命の中にとどまらず、生命を突き抜け突き通し、だんだら　山に
沈んでゆく。だんだらやまを吹きとおる風は、月の岩肌を突き通し、静かに暮れてゆく。

くらいいしきのふちにたどりついて、めざめようとする　あなたはだれか
もじのりんかくあかくそまる　はてからはてへなにがただよう
あなた。わたくし。みさきのせんたんにあるものを、おうひと
こき　きゅうき　たいこのおとひびいて、ただようものは
おとはじけて、ねじきれて、さまようものは
真昼の真下のいしき俯瞰す。

砂漠のベル神殿、パルミラの列柱は空へ伸びる、
うちゅうとびかうかぎりない交信
星々の声を聞き、流砂をまとい、女王ゼノビアが進軍するローマと火となって戦った日、
ぼつぼつと雨吹きわたるさばくをふかんす　あめさばくをはしるあめ、あめ。雨音。
ゼノビアは敗れ　でんせつとなった、シリアの、パルミラの、ひとの心のなかに在る
心音うてうて　さばくのおかのうえから宙へひろがるよ　そのおときく
ずっときくそばでさばくの熱砂のなかのいきものたち植物も。いきているこきゅうする
ずっとこれからもありつづける　おとちきゅうのしんおん　みみのなかになみ
みみのなかに海。
いまシリアはれきしのなかでくるしんでいるたくさんのちいきでくるしんでいるひと地球
にんげんどうしも戦って　人も地球もくるしい　なんのために　くるしいたくさんのひと
は　そのまましんでいく。
宇宙からかぜがふく　ちきゅうはかいてんしてかいてんしてかいてんしていく

宇宙の音をきく　さばくのぱるみらのおかのうえ、よぞらいっぱい星々
宇宙の音をきいて宇宙にうかんでいる　地球のように

3

どれほどの時間が、この空間を流れ
どれほどの人々が、この時空間を移動し
どれほどの人々がこの時空間で、生きたろう、
生きているだろう

私は語らねばならない
並外れて美しい、この壮大な遺跡のことを
シリア砂漠の真ん中の豊かなオアシスに出現した
隊商都市パルミラ、君臨した女王ゼノビア

星々に祈る

パルミラ、パルミラ、パルミラよ。

パルミラ。
それは砂漠に生きた、人間の呼吸だった
文明の交点、完璧なる古代ローマ建築、夕日に映えるばら色の典雅で勇壮な美に
砂漠からようやくたどり着いた人は息をのみ、安堵したことだろう

母なるオアシス　ゆたかな水源を　今に湛え
棗椰子こんもりと　ゆたかな植生を　今に湛え
はるか　時を遡れば
西から東　東から西へ
ひとびとは行き交い　駱駝の背で過ごす熱風の道
熱砂の地平の彼方に、あれはほんとうのオアシスだろうか
揺らめく黒い影

ゆらゆらと影は　細長く伸びて　地平線に浮かびながら
黒いかたちこんもりと　木、林のように
熱砂のなか砂漠を渡るひとびとの　不安の先　灼熱の地平に
蜃気楼は溶けて　かたちを変えながら浮かぶのだった

パルミラの　美貌の女王ゼノビアの伝説は
砂漠の熱風の中に　夜ごとよみがえる
広大な砂漠の宮殿に続く高い列柱の道路を
ゼノビアの熱い息が　吹き抜ける
ローマ軍の武将に　ゼノビアの炎の軍隊が進軍する

迎え撃ったパルミラはローマ軍に敗れ、ばら色の美しい遺跡を残して
ゼノビアは消えた、伝説の中に

シリア砂漠、時を刻むその中で
繰り返し襲う殺戮の嵐　つかの間の安寧

運と不運は星のめぐりに傅《かしず》く
幾世紀、シリアの人も西の人も東の人も
限りない日常は限りなく愛や憎しみ　殺戮や安寧とともに

砂漠は果てしない

もしも、パルミラの遺跡が破壊されて
蜃気楼のように消えるならば
石は、石のまま、砂漠は、砂漠のまま
涙を流す、なみだをながすだろう

今世紀シリアはおぞましい暴力に曝された
パルミラの　ローマ時代の墓石《ぼせき》は　故人の似姿を象る
生前の愛らしい姿を刻む幼児の墓石も、ベル神殿も、列柱道路も
人間も歴史も時空ごと、破壊強奪された

パルミラ博物館の考古学者ハレドは
遺跡の中で斬首され吊るされた　ハレドはパルミラを死守した

今、破壊された
パルミラの遺跡が
蜃気楼のように消えるならば

石は石のまま
砂漠は砂漠のまま
なみだをながす

4

みらいとはなにか
過去が、未来の記憶を、共振させる
過去は、未来の記憶と見分けがつかない

風の中でゆっくり編んでいく、三つ編みの未来
かことげんざいとみらいという時空に　ひとが散らばる
森羅万象に、神と欲望の嵐が吹いている

屹立する文明の交点

星の砂漠に

古代パルミラの水道が迸る

＊パルミラ　シリア中央部ホムス県タドモルにあるローマ帝国支配時の都市遺跡。シリアを代表する古代遺跡の一つ、ユネスコ世界遺産。メソポタミアと地中海を最短で結ぶ交易の要衝として、紀元前1～紀元後3世紀に栄える。シリア砂漠のオアシスに出現した隊商都市である。女王ゼノビアのもとで繁栄したが、272年ロ

ーマ帝国との戦いに敗れ、歴史の表舞台から姿を消した。

2010年チュニジアに始まるアラブの春といわれた運動がシリアにも及び、2011年シリア内戦が始まった。その内戦の過程で、イスラム原理主義集団「イスラム国（IS）」が急速に台頭し、2015年5月、パルミラを制圧。8月、パルミラ博物館館長・遺跡管理責任者の考古学者、ハレド・アル・アサド氏は、遺跡を死守し、ISに忠誠を拒み斬首された。ベル神殿、バールシャミン神殿、記念門、円形劇場、パルミラ博物館、地下墳墓、古代塔墓……パルミラ遺跡は、この世紀、取り返しのつかない破壊、強奪を受けた。

現在、シリア、日本、ポーランドなど各国の考古学関係者が、遺跡の保存修復という終わりの見えない困難な作業に、取り組んでいる。

ダルウィーシュの壁画

ダルウィーシュ、
あなたは、「壁に描く」
それは　二十世紀のレヴァントを語る壁画だ

古代メソポタミアの壁画には、誇らしげに、戦勝物語が、描かれている
残酷でさえある浮彫《レリーフ》は、誇張を伴いながらも、事実でもあろう
戦利品の列には、征服された土地の服装の人々が、奴隷として繋がれ
切り取った頭部を手に提げる戦勝兵と連なる

切り取られた頭部、おぞましい西暦三千年紀初頭

ラッカ、パルミラの様相、朱色の長服を纏わされた男の絶望

おぞましい悪夢は、シリアラッカを襲った狂信者だけではない
この地球の上のどこでも　かたちをかえて　起こり続ける
人間であることの権利を奪う人々は、世俗の法を宙吊りにして
見えないようにそっと、しかしやがて公然とやってくる

すぐ隣から。生命を蹂躙する、生活と生命を破壊する
包囲されていく人々。隔離され、やがて全体が収容所となって
生命体としての自由が　殺されていく

人も　どこへでも　自由に移動できるはず
昆虫のように、鳥のように、
ガゼルのように

ダルウィーシュよ、あなたは、

希望失せる困難な現実を、遥か太古、
言語の水源より迸る、新しい楔形文字で描き込む
アナト神の昔も畳み込み　長い亡命の日の生身の生活を

裸眼の水晶体に映る、過去と未来から吹き寄せる理不尽の嵐
パレスチナのオリーヴ樹の下でうたう祖母たちの詩《うた》よ
生き続けている命の呼吸《プネウマ》を、ダルウィーシュは可視化する

「お前の透明な内面こそ、お前の詩」

ダルウィーシュは、言語で描く
パレスチナの壁画を

魂の深い井戸の底から
今は星のように遠い自由の欠片《かけら》を取り出して

時の裂目に落ちた扉の鍵を開き
パピルスの壁に描き込む、生命の呼吸を

宙吊りにされるたくさんの現実が、今も
世界中に在る、在り続ける

壁の中から声と姿が露わになる
壁の後ろに取り残された人々の眼差しが
こちらを見据える

「囚われの石の叫びが聞こえてくる
「自由にしてくれ」」

パレスチナの

一対の目が
こちらを見据える

＊ダルウィーシュ　マフムード・ダルウィーシュ（1941〜2008）は、パレスチナを代表する詩人。1948年イスラエル建国／ナクバの年、一家はレバノンに逃げ難民となる。亡命生活を重ねた後、晩年はヨルダン川西岸ラマッラーに居住。早くから詩作に向かい、1960年処女作「翼のない鳥」を発表。その後パレスチナ人の苦悩を綴った散文集、詩集など多数の著作を発表していった。多くの受賞歴を持つ。
　占領地に生きるパレスチナ人をめぐる抑圧や不安、抵抗を託した彼の詩は、多くの人々に愛され、共感された。エドワード・サイードの著作に、ダルウィーシュの詩が引用されている。ヘブライ語を含む二十二の言語に翻訳される。1974年来日、広島も訪問している。
＊「　」内に引用の詩は、詩集『壁に描く』（2000年刊行）より。日本語版は2006年に出版された（四方田犬彦訳、書肆山田）。唯一の日本語訳著作。
＊アナト神　ウガリット神話に登場する女神で、主神バールの妹。愛と戦いの女神、狩猟や豊穣の女神。

ウガリット神話は、フェニキア人がシリアの地中海岸に築いた古代都市ウガリットに保存されていた粘土板文書に楔形文字で記されていた神話。ウガリットは前14世紀に東地中海交易で繁栄した。

シリア砂漠　AD2000

1

真夏。シリア砂漠の熱風の中を、車は時速150㎞で疾走している。トラブルさえなければ時間通りに距離は走破される。ミナレットの尖《そび》える日干しレンガに囲われた村々を通過する。村と村の間は砂漠である。時折、砂塵が渦を巻き黄色い柱となって立ち上り、数本列を成し砂漠を走っていく。地平線上には蜃気楼がゆれる。どこか遠くの村の木々が丸く浮かび、水が平らな盆のように、広がる湖面のように地平線の上に浮かんでいる。走行中の道路の先がゆらゆらと溶け、逃げ水が溜まっていく。

シリア砂漠は、岩砂漠である。「月の砂漠」の滑らかな砂丘ではなく、岩の粒に覆われた土地である。たくさんのトゲをつけたイタイイタイ草という雑草が、乾燥したまま生息している夏。砂漠の起伏は時に岩の山となり、岩肌に耳の長い黒山羊の群れを見ることもある。また、遠く近く台形上になだらかに盛り上がる、古代の営みの眠る遺丘、テルも存在する。

2

いつの滞在であったか、このシリア砂漠を縦断中に、駱駝の放牧に出会ったことがあった。駱駝の放牧！　それは何と現実を越えた光景であったろう。地平線まで点々と駱駝の群れの明るい眺め。そこは、時間の消失点であった。解放された時間が駱駝の姿で、ゆったり地球に寝そべっている。地平線の上は360度、空であった。そして、一本の太いオリーヴの幹。捩《ねじ》れた厚い樹皮に、消した時間を畳み込んで、始まりも終わりもなかったようにこれからも立っているのだろう。そのオリーヴの樹の根元に、白い衣服をまとう一人のベドウィンの少年。羊飼いならぬ駱駝飼いの少年。

本当にそれは、過言でなく地球に掛けられる一枚の絵であり、書であった。悠久。永遠。ことばの消えたところから、新たなることばの地平が、肉体を持つことばを携え、姿を現す。ことばの消えたところから、ことばの肉体が生まれた。その時、その場所で、永遠、悠久ということばが肉体を持った姿で、地球から分娩されたのだ。私は幸運にも、その分娩に、その時その場所で立ち会ったのだろう。

3

しかし、地球の風が直に吹く同じ場所で、別の幻影をも見る。

岩の粒が、石の粒が、石が、砂漠の石が一斉に立ち上がり、ぐんぐん伸びていく。切り立つ崖のように毅然と、あるいは内向する石の内部へと伸び続ける。もはや砂漠ではない。石は聳え、石は転がる、そこは石の林、あるいは宙吊りのベクトルの森だ。人類への幻想を石の先に突き刺し、消滅していく宇宙と同じ速度で、底知れぬ闇へ向かって伸びていく。

4

私が初めて〈本物の雲〉に出会ったのも、シリア砂漠であった。頭上を、自在に形を変えながらゆったりと移動していった雲の姿は、地球の上空を確かに移動していく雲であった。

ほんの少しの切り取られた空や、たとえ山の端を取り巻く無類の夕焼け雲であっても、雲は、空で起こる現象の構成物のひとつとして、遠景として在った。雲は、地球と対峙した位置で動く生き物ではなかった。

しかし、シリア上空の雲は、それ自体ひとつの大きな生き物であった。その生活圏は地球の上空。雲は、地球の上空を住み家とする誇り高きノマドのようであった。そのことを体全体で体得した時、私は、雲に出会った。

シリアの夏は一片の雲もなく、灼熱の中、黒いほどの青空が目を射る。そのうち、どこからともなく、一片、二片と、雲がやってくる。それがシリアの秋の始まりである。見る見る黒雲が盛り上がり押し寄せ盛大なスコールも訪れる。乾いた砂漠に水が走り、河が蘇る。真冬。厳冬である。春には緑草を地に満たし、花の咲く沃野となるこの砂漠の石の下で、生命がまどろんでいる。空じゅうを覆う雲から雪がずんずん落ち、シリア砂漠も雪である。

人骨を洗う

頭蓋骨は奇妙なことに
おでこの上方部が四角く切り取られ欠損している
呪術なのか手術なのか理由はわからない
横向きに葬られていた、２７００年前の一体の人骨
アッシリアの人という
様々な王国の支配を受けたこの地には、古来より
山岳の民なるクルドに繋がる人々も住み続ける

その日、私は初めて人の骨を洗った
２７００年前の人の骨と、神妙に向き合い、洗っていく

人の骨を洗う、手で包み、小さなブラシを動かし、丁寧に洗っていく
２７００年、止まった時間から掘り起こされたその人は
さぞ驚いていることだろう

骨には、２７００年前の土が、がっしりと固まりこびり付いている
少し水につけ、それからシャカシャカとブラシを動かす
それでも容易に、こびり付いた土は取れない

部位によって骨は、繊細な姿を見せる
手の甲、指の骨のリアルな形は、そのまま動き出しそうだ
関節から外れた細い指の骨は、ぽつんと置かれた一本の縫い針
掌で包み、優しく洗う、ブラシを二、三度滑らすと
縫い針の骨の表面から土は簡単に取れて
指の骨が、薄い茶色の可憐な姿を現す
２７００年前その人は、その指で
何を摑み、何を摘み、何ができたのだろう

その人が男性か女性か私にはわからないが
あごの骨はとても小さく、歯も小さく、子どものようにも見えた
だが、腰や大腿骨の骨は太く頑丈で、力強く歩く足音が聞こえてくるのだ
一体、どのような体格の人だったのか
手足はがっしりと太く、顔の小さい人だったのか
男性ならその頑丈な足と腰で、戦闘を戦った兵士か
女性ならその繊細な指で、晴れの日の美しい布を織っていたのか

2700年前、鉄器時代、アッシリア帝国、メディア王国の時代
考古学者でない私は、自由に想像する

今はスレイマニヤと呼ぶクルディスタンのこの地で
アッシリア人であったその人は
どんな家に住み、どんな生活があったのか
何を考え、何を食べ、どんな出会いがあったのか

幸せな時代であったのか

現住する山岳の民クルド
幾度も戦火に、戦禍に、怯え逃げまどい
差別を受け住民が殺戮される現実がある

その現実の中で
イラク・クルド人自治区スレイマニヤのこの町は、今
驚くのだが、平和に暮らせる日常が広がっている
休日や、仕事を終える夕べには、たくさんの若者たちが
談笑しながら、三々五々、通りや出店の椅子で、伸び伸びと過ごしていた
私もお昼には、地元のキャバブ屋に行き、がやがやと美味しくほおばる
ちょっとしゃれたカフェに入れば、カプチーノやキャロットジュースを注文する
山岳に、山麓に、街に、平和な佇まいがある中、国内外至近では戦闘状況が続いている

スレイマニヤの町は、Amna Suraka（赤い保安）博物館を持つ

1980年代虐待虐殺の事実を体験した人から、話を聞く
赤く塗られていた旧内務省の建物、内部に固く閉ざされてあった拷問部屋
前を通っても住人は、決して赤いこの建物を見てはならなかったという
町は今、この旧内務省の建物を Amna Suraka 博物館として残す
投獄され、生還できた数少ない人は
今もその恐怖を、平和の生活の下に持つ
皮膚の下を走る血管のように、鮮血の色のまま

現実、それは、いつでも自由に語れるわけではない
人の骨を洗いながら、思う
時の上に時が流れ、時の息遣いは
ときに激しく、酷《むご》く、人の生き様に介入する

夕日に燃えるザグロスの山々、一瞬の眠り
人々の苛烈な、旅は終わっていない

洗い終えた頭蓋骨には
切り取られた
直線の
境界が
走る

荒野

1

言語を凍結して
その岩砂漠に、私は臨まなければならない
其処では、一年中風が吹き荒れ、白濁する空が唸り、大気が肉体を攪拌する
吹き飛ぶ腕、べらべらと皮膚はめくれ、枯れ枝の奥の心臓が冬の嵐に晒されている
ほおら避けよ、風っこは空の奥で叫ぶが、皮膚はどんどん捲れ、
心臓は厳しく見据えられている

そこの子も、赤ん坊も、等しく風に晒され、皮膚は捲れていくばかりだ

おおい、母親はどこだ、素足の子が凍えて声も出せずに震えているぞ、
干からびた手の赤ん坊はもはや泣かぬ

ここはテントのあった場所
冬の来る前に、追い風に乗って通り過ぎていった難民は海を越えて
先に進んだかもしれぬ
冬になって、逃れられぬ激しさを落とす空爆の嵐が
終わりなく難民を裸のまま、押し出していく
つぎつぎと死体のように人々は酷寒の中に重なり、それでも心臓は耐え
酷寒と飢え、赤ん坊を母の心音が辛うじて包む

鳴りやまぬ音とはなんだ、故郷も人も丸ごと破壊し尽くす空爆殺の音か
それとも、銀色に輝くオリーヴの葉擦れの音
空はなお、唸り続け、裂け続け、心臓を剝き出したまま
ひとは立ち尽くす

そこにある人々の顔とはなんだ、赤ん坊も子どもも、黒く焼け爛れているじゃないか
この子を、誰も救えない、救おうにもどうすればいい
爛れた顔が、爛れたまま放置され、足もとがないまま、風が皮膚を捲っている

この空の向こうで、戦闘しているのは、蜃気楼ではない
この空の下で膨らんでいく欲望と暴力の嵐、飢餓の腹
黒くどす黒く、角突き合わせ、自分だけがたらふく食らう
爛れたままの顔をがつがつと食い漁り、生命を食いちぎる

破壊して、蹂躙して
欲に塗れた醜悪な人類が、愚かな人類史を、更新する

ゴヤが閉じ込める、人間の醜悪の笑い、
欲望に取り憑かれた人間が大口を開け、剝き出しの生を呑み込んでいく
幾千年、暴力は果てることなく地上に地獄を現出させていく
子を食らうサトゥルヌスサターン、冷酷な息に直ちに血が凍る

2

寒風の中、炎暑の檻、例外状態に吊り下げられる人々よ
法はメビウスの帯を腹に巻き、表情を変えぬまま隠し持つ蹂躙の鞭が
裸の人の肉体を裂く

シメールの幻想は遠く去り、亡者取り憑く此処はどこも、荒野だ
子を食らうサトゥルヌスサターン、冷酷な息に血が凍る

無辺の砂漠よ
大地は豊かな恵みを取り戻すことはできるだろうか
四次元まで手中にする欲の亡者の跋扈する地上で
子は息を吹き返すことができるだろうか

夢は毒薬

娘よ、
飲み干してしまえ
深呼吸なんかせず、飲み干してしまえ
夢など
持たぬがいい

言語を凍結する
此処はすでに地獄だから

3

点滅する光の中に
浮かび上がる闇
闇のかたち崩れ、
洪水と業火、渦となって
人間を呑み込んでゆく

（夢だろうか、これは）

夢と現実のあわいを
ひとすじの雲がながれゆく
白濁する空から乾かぬ涙の痕跡

＊シメール　噴火獣、幻獣。フランスの詩人シャルル・ボードレール（1821〜1867）の散文詩集『パリの憂鬱』より。

なぎのすけうまれた　３８００グラム

渚ノ介生まれた
生命のこのカオス
渚ノ介　うまれた
この純白の朝
渚ノ介　うまれた
静河　渚ノ介を生む、生んだ

この何もないカオスのなかから懸命に
生きる力、引き出し渚ノ介生む、生んだ
晦日の大晦日のまだ混沌の明けの

明星さえ出ないその前に
静河、渚ノ介生んだ、生むこの
混沌のさなかに、渚ノ介生まれ、生まれ出た渚ノ介

その力、力、なんというこのカオスの中に中から
渚ノ介踏ん張り、全身で踏ん張り、静河踏ん張り全身全霊で踏ん張り、
生まれ生む生まれ出るこのカオスへ
なんという力だ、この生命のカオス吹き飛ぶこの
力だなんという、力、力、ちからだ、渚ノ介の誕生だ

地上踏ん張り、血潮浴び、重力を蹴ってお前踏ん張った出ばってきた
頭、鉗子でぐわっとつかまれ、お前はこの空気の中に引っ張り出された
鉗子ぐわしと摑み頭ぐわしと摑まれ、引き出された
血潮浴び血潮蹴り重力の中を重力蹴り血潮浴び
なんというこのカオスの中に、カオス蹴り

ああ、おめでとう。君は生まれた渚ノ介だ
おめでとう。おめでとう。君は生まれ出た静河とこの壮絶な痛み乗り切って
出産、乗り切って
二人。今、きみすやすや眠っている

壮絶な痛み痛み痛みを乗り切って二人、生む生む生まれ、この壮絶乗り切って
二人。この二人、壮絶なカオス乗り切って股裂き血潮浴びぐわしと鉗子に
頭つかまれ引き出され、静河、静河壮絶な痛み乗り越え、ああ、
渚ノ介、出てきたよ。

Ⅱ

ふねはゆっくり動き始めた

ゆめのようにすぎるパンデミックの袋のなか、地球の時間は
たくさんの人を呑み込んだ

対ウイルスの過酷
それぞれにいたましくかなしい
袋のなか人新生の時刻に地球はおおわれていく
大気は渦となって攪拌され　億光年星屑の向こう　すでに消えている地球

＊

琥珀のなかに
とじられた美しい昆虫の息
かざして　そっとかざして　たいようのひかりより少なく
とんでいく羽音

＊

ラピスラズリの青のこども
石壁の中から　こちらをみている
はかり知れない宇宙のかなたから
矢のように　こちらへとんでくる
消滅した時間

ラピスラズリの印章を子は持つ
その時間から　青のこどもは
こちらをみている

*

どこからか音がする
せかいのわれるおと
このおとはながれていく
むおんの宇宙にむかって

*

ふかくながれる血管のおとしめやかに
あたたかなしゅいろのおれんじの勾玉
ひとのむねにしずかにおかれて

わたくし逝くよ勾玉のゆるやかな弧にのって

こえをあげよ、わたくしのいのち
透きとおってそのまま

*

かげとひかりねじれつつ一体となって、形ゆらぎながらふねは
星の緒、

透きとおって

そのままかがやく

永遠から永遠に星は渡り、星座軸ゆらすと、星がこぼれ落ちる

億光年星屑の向こう　消えていく地球

*

ふりしきるひかりふりつづき
この球体をつつんで

時はひかりのようふりしきる、ひかりひかりあふれふりそそぐ、ひかりどこまでもどこま
でも球体からあふれしだれ放射する、時はひかりのようふりしきるあふれ
あふれどこまでもあふれたゆとう、ひかりの粒子根源たる
虚空ひらき、ひかり虚空に煌めきふりそそぎ

＊

無数の泡が漆黒の宇宙に浮遊している
無数の生命は泡の内部で永遠に浮遊している

時間を切って走っていく

1

夢を見た

こどもたちは時間を切って走っていく
木々をくぐり野原の端から端まで
風を切って、時間を切って、
走っていく

走る、走る、時間よ

こどもたちは声を残して
蟬たちが、抜け殻をそっと残して
時の彼方へ去るように

懐かしく優しい甘酸っぱい光の中に
子たちの声は溶け込んでいく
ほら、今でも、耳の中で蟬の声といっしょに
木々を潜り抜け、野原を走り続ける
子たちの声が、はっきり耳にとどくよ

蟬の鳴く、ひと夏の精いっぱいの生命の力の中を
涼やかに通り抜ける、子たちは、風
風は、きらきらひかる声、光となって永遠に
私たちの心から去ることはない

美しく晴れやかな幼い日の自然は天使の姿に似て

どこまでも、宗教画に描かれる雲のように
ばら色のまま、私の有限の時間を
時空を超えた位置から、優しく包む

しかし、人間であることの喧騒
森も氷河も消滅させていく振る舞い
黒雲の豪雨が〈大洪水〉の如く地を覆う
自らの招いた劫火が人類と森を焼き尽くす

果てなる時

無数の泡が漆黒の宇宙に浮遊している

無数の幼年時代は泡の内部で永遠に浮遊していく

2

どんどどん　どどどんどん
連打、連打、
打ち砕く
打ち砕かれている
なにを

どんどどん　ドドどんどん

なにをかひらめき返す
すそひるがえしひらめき返し
閃き返すのど、のどふるわせ
喉震わせ泣く鳴く震わせ羽も胸も
なくふるわせ、夏のある真昼に
消えていくいのちみおくる

照りかえす太陽光線にのって
そっといってしまった

蟬の声が空に盛大に響いていた
ひらめくすそをおり、すそをおり、おり
羽のように身軽にこの光線にのって

どんどどん　どんどどん
一直線に、いのちはいってしまうのだ
感情が渇かぬまま、照りかえす太陽光線に
万国旗が半旗を掲げたまま立ち尽くす
終わらない日々の連打、連打

どんどどん　ドドどんどん
打ち砕く、打ち砕かれている、人はなにを

扉を開ける

1

宇宙空間では自分が何でもできる気がして、
実際何もできていないが、笑い声さえ立てて遊泳しているらしい。

図鑑や映像の中の美しい宇宙、時に独り言をたのしみながら
ゆっくりと一人、遊泳しているのだなあ。

宇宙は、こんなに親しみを込め、異星人を歓待してくれるものか。
じっさい、漆黒の宇宙に扉があるように、私はどこから其処を開くのだろう

扉の向こうには、漆黒の宇宙空間があって、さらに扉が開いている、次々と、
漆黒向こうに、扉が、漆黒の向こうに扉が、どこまで続くのか先はすでに見えない

ああいいねえ、孫の一人が、そう言うのが聞こえる。
4歳の彼は、図鑑が大好きなのだ。

そうか、扉はきっと、未来を開ける扉、時間の扉なのだろう。
扉はすでに私の前にはなく、振り返ると、私の後ろに、たくさんの扉が
開かれたまま揺れようとするのか、いつだれが開けたのか、
おそらく私、の痕跡、が、ひどく揺れようと漆黒のベールをつかんでいる
おおそらから宇宙にそのまま時はつらなり、つらなる連続が、扉を
開け続ける、おわることなく

2

そらが降ってくる
傘もささず、ずぶ濡れの明け方の空が
降ってくる、傘もささず
あしたから、7月だね、へやのなかで星が輝く
そうだ、あすから。

子どもたちはいつでも、走る用意がある、あの端まで
はしがかかる河は朱い、こどもたちはくつを脱ぎ、ひたひたと走り込む
星の声がする
こどもたちは口を開けて、星が口の中に落ちるのをまっている

夜空は凍り付いている、凍り付いてはいない、日によってあきらかになる
子どもたちの息、子どもたちの寝息、星が
たっているのだよ、星が、息をすればあたりは凍ってしまうから

星が落ちてくる、赤い河のほとりの歌のそばに、天が
多角から聳えているので、星はいろいろな角度に曲がって
朱い河は跳ねている光、星が刎ねている光の直線の束の、その先端
星がはねたもの、まぼろしの聖文字の、蠢いている日付

時空はいつも、こうして屹立していく、豪勢だな
いつか、閾の外部に、閉じ込める、息を

3

恐竜に隕石が落ちる
滅びとはなんだろう
Eccum sic（ほら、かように）、消滅さえも

境界を消して虻がとまっている
虻の眼に、世界が開かれる
五感が、世界を獲得する

在るがままに

そのように
恐竜の足の裏から、
今日はみぞれが降っている

4

漆黒の向こうに扉が、漆黒向こうに扉が
いや、漆黒の中に扉が
尽きるまで幾枚か人は扉に遭遇する

開かれた扉には光とも闇ともわからぬ空間が広がっている
扉の中に足を踏み入れるとあたりは色彩を帯び
扉そのものが光源となって、色彩はどこまでも広がっていく

＊Eccum sic（ほら、かように）ジョルジョ・アガンベン『到来する共同体』（上村忠男訳、月曜社）より。

未来の朝

1

ゆうぐれ
未来がないと知るとき
ひりひりとさびしく
ただ、空のむげんと向き合う

2

砂粒

巻貝の尖端
取り返しのつかぬ今のかなた

3

星は、さざめく遠い過去の果てから
今日と明日を足して、永遠を夜空に散りばめる

空の回廊から星のさざなみ
音はどこまでも肉体の内部に響いて
星の粉、星の粉、降りそそぐ

ミクロの風に乗って、私は細胞分裂を始める
ああ、こんな朝があるのだ

腐海巡礼

1

夜は魔物がペンを持つ
ペン先から、いま舐めたばかりの血を滴らせ
魔物はなにを書こうとする
ペンなどもはや誰も持ちはせぬ、赤い血の文字はすぐ燃え上がり消えていく
遠い昔、高祖母から譲り受けた結託証　血は
夜のペンの先から、遠い町へ　滴り落ちてゆく
ある種の音を響かせ、自然の中で、風のように、結託証は舞う
ある種の結託は、恋愛のようにみえるのだ

決して落ちることのない穴に落ちてしまうように
逃れられない絆、深くペン先が入り込んでゆく、魔物の肉体に

2

さらさらと、きらびやかに文字があふれだす
だれの仕業？
金棒を楯に鬼が横からはいりこむ
腐海の巡礼にこれからいくのだ
その瘴気を腹いっぱい詰め込んで、いっとき鬼は鬼でなくなる
角失せ服着流しマスクさえして歩くのだ、つま先に靴を付けて
瘴気で、青い鬼は白くなった、赤い鬼はくるっくう　へべれけに酔った

いつか鬼に翼が生えていて、鬼たちは空を飛んでいく
空から金棒が降ってくる、どんどん積もるぞ
鬼たちのわらう声が、空から降ってくる、とけてしまったからだごと

鬼が空から降ってくる、赤い花びら、白い雪
まだらに　海と地面がそまっていく

恍惚の鈴を振って鬼たちは、うす紅いろの蜃気楼
幻影の、腐海浄土のへりを経めぐる

3

ライムストーン、こぼれ落ちる石の花よ
遠い昔の掟携え、この天と地を、鬼が攪拌するのだよ

変容
——ギルガメシュよ

1

たくさんの
死を告げる紙片が、落葉する
一枚一枚　ゆっくり
地に　かさりと　おと立て　落ちる

おとは去らず
死の位置はあちらこちらで
かさり　かさりと

地に突き刺さる
ああ　これほどの跫音《きょうおん》
地にはとけず　跳ね返りもせず

2

音止まず、降り続く
地は落葉で覆われ
落ち続ける

ギルガメシュは
ただ一枚の葉を知ったばかりに
旅に出た

荒野《あらの》では
乾いた風が吹くばかり
涙も叫びも届かない
落命をわずかに悼むのは
風ばかり

風が咽び泣く
葉が咽び泣く

3

一本の木
落ち続ける葉
告知された死の眼差しの凍り付く

ウトナピシュティムよ、不老不死の
草を呑んだ蛇は天空で星座になっている
人新生ガンガーの疫病吹き荒れる荒野では
追いつかぬ火葬に骸のまま流され逝く水面《みなも》
宿命の嵐を
ギルガメシュは受け入れる

*ギルガメシュ叙事詩　シュメールの初期王朝時代、都市国家ウルクに実在したとされる伝説的な王ギルガメシュの物語。エンキドゥとの友情、森の番人怪物フンババの殺害、大洪水のエピソード、生と死の探究の旅、自然と人間の対立など、現在に通ずる主題を持つ。
*ウトナピシュティム　バビロニアの洪水伝説の主人公。旧約聖書のノアに相応する。遥か昔大洪水を生き延びて神々に列せられる。ギルガメシュに不死は神々のものと説く。

水の中のシリア

1

シリアから、かぜがふく
　そうわたくしは
　　シリアからかぜが吹く
吹く風がシリア
　わたくしのシリアは
遠く、遠くて今は

こころのなかで夕日が沈むシリアの夕日がしずむ
こころのなかのシリアの空はかがやく

朝、夜《よ》があけて鶏が鳴いて、子どもたちが駆け出す
ひつじや山羊も、やまをかけのぼるやまの斜面を

子が追う、少年が追う、ゆったりと日が暮れて少年はねむる
やまはときめいている、砂も踊り舞っている
わたくしも空を、翔る、翔る

かける

2

そうして日が沈んだ。

あれから。

空よ
ひとはどこへ行った

山羊とひつじは空へ、かいだんをのぼって
いまでは雲になっているよ。
ひとたちはがらーんとした空に座って、機を織っている

けむりが空へとどいているがれきが雲の中まではいってくる失ったときはそれはかえりはしない、失ったものたちをさがして空は永遠にがらーんという音をひびかせないているひとたちのこえをしぼり出す圧搾機のようにオリーヴ工場の石のベルトの上をながれていく。

シリア、うしなわれたシリアの中で、ぽつんとひとつの灯はあるにちがいない
ゆれながらいく夜、シリアゆれながら地中深く砂が起き上がって舞い始める砂が舞う砂の
舞い時の断片ふりしきる時の断片はらはらと砂が舞うのだよ。

音立てて崩れる、耳の中のシリア、みずのなかの伝承、アレッポの夜、ありばばのとびら
をあけよ、ひらけごまのこえひびかせて、私はみずのなかにおちるそら空色のみずうみそ
らいろの水海あおいあおいみずうみラピスラズリのかおり無制限のはしごをかけて闇の底、
底の無いみずのそこへしずむひと、たくさんの手が絡み、みずうみのそこ夜ばかりの問い
を渡っていくとここはどこか話し声がきこえるとりとめのない帰郷のようなどこまでいっ
てもしずむのだよ水の底の城。まわりの綿花畑花飾りの耳の中の

3

人びとが、くらく洞穴から現れ出た時、しだいに草や熱砂のもとにすいよせられた時
人びとがそれから連綿と、自らの指で糸車を回し続け、時間を織り込んでいく時

朝日やそらいっぱいに輝く夕焼けの下で遊んだ記憶だけではない、

遠く近くから

やがて

血の色のタペストリーを織り上げる人。

雲散霧消していく美しい塵たち
山の端に夕日が落ちて真っ暗な洞穴、からからと
糸車が反転している

織る人のいない空では、連綿と、時が時を織り込む
シリアの空にも、時の織り込む壮大なタペストリーが
広がっていくばかりだ、風に吹かれて、連綿と

シリアから、かぜがふく
　そうわたくしは
　　シリアからかぜが吹く

4　コーダ

私はシリアの地平に交差する
シリア砂漠の熱風を全身で受けつつ、黒いほど青い空の
太陽に向き合う。
太陽は焼く。
すべてを。大地を。水を。砂漠を。生命を。時間が溶けている
太陽から青の黒の熱風の熱砂の空から帰還する、と
溶けていた時間がよみがえり時間は肉体をとりもどす
幾多の生物が時間の中で生命を取り戻し、生命は去ることがない
永遠の中で永遠を連鎖していく

潜り抜ける水、渇いた大地の中でさえ、干からびる生命はない
熱さに守られ熱さそのものと和解している、熱砂の夏よ
熱砂のシリア砂漠よ

聖なる丘　ギョベックリ　テペ　2008

A sacred place of pilgrimage

1　一万一千年前の遺丘に立つ

ごらん、
ここから
ものがたりは
始まる

シリアの国境に近い
クルド人の街　シャンルウルファ

車は
広がる緑の小麦の畑
おだやかに流れるバリーフ川を渡り
舗装された平坦なみちを走る
唐突に、ギョベックリ　テペ遺跡の小さな標識
左折すると
小石の緩やかな上りとなり
道の両側を、黒く尖った石が
覆っていく

このおか　なだらかな太鼓腹《ギョベックリ》の丘《テペ》
古の人々の　聖なる時空
石の円環《エンクロージャー》が　遺丘に　姿を現す

＊

遺丘《テル》を吹きわたる風は
太古よりかわりなく、

風の弾く岩の粒が、精霊宿る石の柱を
深くさらに深くおかの内部に沈めていった
ようやく二十世紀になってこの遺丘に考古学者が現れ
本格的に時間を掘り起こし始めるまで

二十一世紀のある晴れた朝
ギョベックリ遺丘に、私は立つ

石に刻み込まれた守護精霊たちの姿
発掘された石の円環エンクロージャーの

五メートルを超える巨石柱を介して
おか
吹きわたる風

一万一千年前の宇宙に
私は、立っている

2

私はしだいに
ギョベックリに近づいている
太古、一万一千年前の
かの地
黒く尖った石の広がる

ゆるやかな頂き

おかの上には
石の円環が
いくつもあるという

おかに巨大な石柱を奉納する、巡礼の男たち

男たちは
神域のこのおかを目指して
とおくアナトリアやレヴァントから
シリア、新石器のテル　エル　ケルクから
やって来る

麓の石切り場で石を切り出し、T字に整え
守護精霊のかたち彫り起こし、石に刻んだ

おかの上へ
ゆるやかな斜面
巡礼の男たちの長い列が
精霊を象ったT字形巨石を引いて
巡礼の男たちの長い列が
ゆるやかな斜面
昇ってゆく

玄武岩ひそむおかに
巨大な神域が現れる
おかに昇る
白い道ができていく

私は遺丘の円環に
足を踏み入れる

広大な遺丘の
遠大なる発掘は、途上

巨石の円環中央に
背高の二石柱が向き合い、立つ
ひとのように

礫に足を取られながら、
半分埋もれる石の柱に刻まれる
表象に目を奪われる

人型と思しき石灰岩のT字形石柱群
十トンの巨石の表、ピクトグラムのように

動物　ひと　幾何模様　が彫り込まれている
幾種類あるいは一種類
順にあるいは夥しく

むらごとの守護精霊の表象か
複数の蛇、波打つ水曲線、胴ベルトを付けた長い腕のひと
狐、猪、ツル、牡牛、サソリ、蜘蛛、水鳥、ガゼル、ライオン…
種類の多さに目を瞠る

ハゲタカ、頭蓋骨、ヒト
小さく、頭蓋骨のないヒト
石の柱の内部に籠められる

荒振る力、静かなる力、

祖霊精霊、言霊、星々の宇宙と交信す

円環の細い通廊に
猛獣の首が、突如
足元、小石で固めた側壁から突き出る
豹かもしれない、首だけの像が
牙を、剝き出す、リアルだ、
生きているように

石柱に籠められた、浄化された表象が
円環を、厳かな、祈りの空間《トポス》に変えていった

一万一千年前の、人間が、精霊が、現前する
石はすでに覚醒して内部の目がこちらを見る

われらは

われらの土地の豊饒とむらの繁栄を祈願するため
黒い岩広がるこのおかに昇り
われらの声、われらの歌舞、われらの祈りを
この巨石に彫り込んだ守護精霊に籠める
われらの祖霊、われらの精霊たちよ
ギョベックリの天空に
われらの祈りをとどけ給え

祈願を果たし、われら巡礼のものたちは
めぐる星の下、われらを待つ各々《おのおの》のむらの同胞家族のもとへ
星の位置確かめ、長い道を再び、帰還する
寒さが道を閉ざす前に、飢えが村を襲う前に

星の道は繋がる幾々夜々、森の道、テル　エル　ケルクへも

遺丘に立つと

その声は、つい今しがたのこと

一万一千年の時の隔たりを消して
連続する地平に、声のグラデーションが響く
無窮の天空の淵を震わせる、天と地のビブラート
時を超え、呼応するものたち

巨石に眠る地軸と精霊を、呼びおこす
巡礼の現実と天空の神秘が、祖霊言霊の覚醒と呼応する

ギョベックリの遺丘
吹きわたる風

幽かに
祖霊と交信する連禱のふるえる声

星からの風、耳にとどく
きこえるよ、今

3 磁場

とおい、とおい
うちゅうの
はての
際、
そこからとどく声を
私はきくだろう
とおい、とおい
うちゅうの
はての

際には
ひとつの
ゆるやかな山があって

へびと
ガゼルと
みずとりが
石に刻まれ
生まれている

岩のような黒い石
やまのいただきまで
ごつごつと
続く

山頂にひろがる

石の円環《エンクロージャー》
巨石柱の神域が
風を清め立ち現る
バリーフの水面《みなも》に
月　輝き

へびとガゼルとみずとりが
生まれるために、すがたを
石に刻んだ

ほしからの澄んだおとが
わたくしのみみにとどき
えきたいのなかに浮かぶ
バリーフにしずむ太古のきおく

石がよびさます
ゆるやかな丘の上
祈りは
てんくうにいくえにも
ひろがっていく

4

こだいせいれいよ
わたくしはまじないのなかにいる
このつみかさなるとーてむぽーる
ひと重ねる異形の石の柱

ひとつみかさなりつみかさなるこえは
祖霊の言霊かさねる声文字

つみかさなりとーてむぽーるいぎょうのこえはっするたちすがた
そのたちすがたそのままこえかさねかさなり
えんくろーじゃーに満つ

夜空揮《ふる》わす　異形の石の声音《こわおと》
せいれいそれいそらにみち

星々のよるはふけていく
せいれいとほしとせいれいわたくし
いくいくよふけて

ひとかえるみち
せいれいとほし祖霊わたくし

くらくあかるくつづいていくいくよ
人々のよるはふけていく

星めぐり
道きえて
ギョベックリのおかを
風が閉《と》じた

5

めぐる天かしましく
色彩は響くことをわすれた

さつばつたるゆくすえははかることなくのみこむおおきなくちいのりなくせ
いれいなくやがてせいめいなくさつばつたるしゅうそくにひとながれながれ
ながれてちょくせんのしゅうそくさつばつたる

地球は、黒い遺丘だろうか
私は振り返る

6

ギョベックリの遺丘には
満天の星
有限の夢幻の無限の黒の
宙《そら》のただなか

地球が鼓動している

遺丘を吹きわたる風は
始源よりかわりなく

遺丘を吹きぬける風は
始源から始源へ

地球は鼓動する

宇宙《そら》の海から
星々のさざなみ
うちよせる

A sacred place of pilgrimage

聖なる痕跡　響き合い
今宵コバルトの遺丘に

地軸を止めて
星、ふりつむ

＊遺丘《テル》　乾燥地帯における水の供給可能な土地など、一定の場所に土や石の建物を繰り返し作った結果積み上がった層状の遺跡、歴史が垂直に盛り上がる人工の丘。
＊ギョベックリ テペ　トルコ南東部シャンルウルファ県にあるギョベックリ テペ遺跡。標高８００ｍほどの石灰岩台地の丘陵頂上に建立され、トーテムを表象する彫刻を施すT字形石柱を林立させた特異な円形巨石建造物群。世界最古の大祭祀遺跡（宗教施設・神殿跡）と考えられている。人類の宗教や文化の原点ともされ、先史時代人類の精神文化について、既成概念を変えた。２０１８年、ユネスコ世界文化遺産に登録される。
　１９６３年トルコ／アメリカ隊により発見、ローマ時代の遺跡として記録された。その後１９９５年、クラウス・シュミット博士（ドイツ）は、新石器時代の遺跡として発掘調査を開始。２０１４年氏の急逝後も、引き継いだトルコ、ドイツ共同調査隊による発掘調査は継続中である。
＊テル エル ケルク　シリア北西部イドリブ県にある新石器時代の大規模遺跡。世界最古級の共同墓地が発掘されている。内戦により日本隊による発掘調査は２０１１年より中断を余儀なくされている。

旅

あとがきに代えて

生命という器、生命という境界、宇宙に散らばる惑星、のひとつ、地球。混沌の中に毅然と、生命は始まる。いくつもの連鎖をこえて、いくつもの橋をこえて。

シリア、扉を開けて、そこは荒涼と広がる岩砂漠。そこは緑豊かな小麦畑。イドリブ、赤い土にオリーヴ。砂漠のオアシス、パルミラ。アロワッド島、車走れぬ小さな要塞の島。

旧石器、新石器、たくさんの、人類の営みの眠る遺丘《テル》。私とシリアの三十年も、繋がる時の中で小さな発酵をするのだろう。パノラマが広がる。一万年よりもっと前からその集落はそこにあり、一万年たった今も集落はそこにあり、人は住み続けている。犬や牛や羊はいつか家畜となって、住む人の食と暮らしを支えていた。野生の植物はいつか栽培され実をつけ、小麦も綿《わた》も収穫できる。砂漠にはいつも風が吹き、砂塵に乗って砂の粒は永遠に着地しない。果てしなく波を描き、音を立てて舞うのだった。雲は流れ、冬となり、雪も砂漠に舞い落ちる。同じ場所に人は住み、住み続け、寄せては返す波のように、壊し壊され、文明は存続していった。そこに住んだ人の証は土の中に消えず、地層となって残っていく。人の生きていた証、生活や喜怒哀楽を、土は刻印し空気さえ封印する。

その同じ場所を幾年《いくとせ》巡礼のように訪ねた私の、たかだか三十年の時間の中で、何を発酵させようというのだろう。二十万年の生命体の先の三十年に、何が発酵するだろう、小さな気泡よ。レヴァントの歴史は深く広大に拡散し、モンゴル高原を越えて砂粒はとんでくる。私は宇宙の箱船に乗って、歴史空間を漂っているのだろう。しかしそれは決して、旅ではない。起点しかない直線に沿って、未知の行先は決まっている／未知は行先を、持たない。

宇宙の無限の夢幻にふる　ひかりよ。

（ベイルートにて　２０１８年）

＊

パンデミックの洗礼を受けつつ暮らす、この途上。パンデミックは歴史のクリプト／窪み／祠。たくさんの人の眠る。

＊

ここに、詩集出版のきっかけをくださり、「栞」の労をお引き受けくださいました野村喜和夫様に、心より感謝申し上げます。また、拙詩集を出版くださった思潮社様、支えてくださいました編集者の遠藤みどり様、思潮社装幀室の和泉紗理様、どうもありがとうございました。

最後になりますが、シリアの地に縁を開いてくれました夫に、深い感謝を捧げます。流れる生の時間のひとつの原点、かけがえのないひと時を、かの地でともに頂きましたこと、シリアの地、シリアの方々に幸あることを願い、感謝申し上げます。

（2021年8月　光環《コロナ》に降る蟬の声を聞きながら）

常木みや子

常木みや子（つねき　みやこ）

詩集

『石が伸びる』（二〇〇〇年、あざみ書房）

『星の降る夜』（二〇一四年、思潮社）

遺丘《テル》

著者

常木《つねき》みや子《こ》

発行者

小田久郎

発行所

株式会社思潮社

〒一六二—〇八四二　東京都新宿区市谷砂土原町三—十五

電話＝〇三（五八〇五）七五〇一（営業）

　〇三（三二六七）八一四一（編集）

印刷・製本所

創栄図書印刷株式会社

発行日

二〇二一年十月三十一日